나의 먼 이름에게

소설의
첫 만남 **36**

나의 먼 이름에게

초판 1쇄 발행 | 2025년 5월 23일

지은이 | 길상효
그린이 | 신은정
펴낸이 | 염종선
책임편집 | 이현선
펴낸곳 | (주)창비
등록 | 1986년 8월 5일 제85호
주소 | 10881 경기도 파주시 회동길 184
전화 | 031-955-3333
팩스 | 영업 031-955-3399 편집 031-955-3400
홈페이지 | www.changbi.com
전자우편 | ya@changbi.com

나의 먼 이름에게

길상효 소설

신은정 그림

창비

차 례

나의 먼 이름에게

처음으로 길고 깊은 잠을 잤다. 처음으로 배불리 먹은 날이었다. 잠이 깊으면 통증도 잊을 수 있다는 걸 알았다. 깨어 있는 시간이 고통스러웠다는 것을 깊은 잠을 자고서야 알았다.

설핏 잠에서 깨어 낯선 냄새와 낯선 공간을 느끼는 순간, 온몸의 털이 일제히 곤두섰다. 이내 이곳으로 오기까지의 일이 두서없이 떠올랐다. 깊은 밤, 번쩍거리는 불빛, 나를 비롯한 동족의 비명, 인간의 성난 목소리, 정체를 알 수 없는 큰 소리, 깡깡 깡깡, 철커덕철커덕, 주둥이가 틀어막힌 채 어딘가에 실려 가며 목이 쉬도록 울부짖던 나, 터질 것 같던 심장, 공포, 그리고…… 기억나지 않는다.

　나를 이곳으로 데려온 인간이 멀찍이서 나를 바라보다가 몸을 낮추고 천천히 다가왔다. 이미 귀를 바짝 세우고 있던 나는 벌떡 일어서는 동시에 꼬리로 재빨리 가랑이를 감쌌다. 이를 드러내고 그르렁대자 인간은 더는 가까이 오지 않았다. 그 자리에서 나를 가만히 바라보았다. 그리고 천천히 입을 열었다. 이 인간의 고요한 목소리는 이상한 힘을 지녔다. 사나운 인간들의 목소리에서 느끼지 못한 또 다른 두려움이 나를 지그시 눌렀다. 어째서인지 아주 오래전에 들은 것만 같은 목소리였다.

　그르렁대기를 슬그머니 멈추자 온몸에 나른함이 밀려들었다. 이를 드러내느라 잔뜩 일그러뜨린 주둥이부터 풀었다. 마침 경련이 일기 직전이었다.

이러면 안 된다고 생각하면서도 천천히 앞발을 뻗으며 엎드렸다. 두 앞발에 턱을 괸 채 인간을 노려보던 나는 눈꺼풀의 무게를 감당하지 못하고 또다시 깊은 잠에 빠져들었다.

이제는 인간이 나를 부르지 않아도 안다. 인간이 줄만 집어 들어도 안다. 나가자는 뜻이다. 미끄러지듯 달려가 인간이 내게 줄을 씌우기를 기다린다. 그 짧은 시간에도 가만있지 못하고 네 발을 동동 구르며 안달한다. 더는 나를 떨게 하지 않는 안온한 공간임에도 나는 늘 이곳을 벗어나는 시간을 기다린다. 마침내 작은 벽이 열린다. 코로 밀려드는 냄새 무더기 속에서 동족의 신호부터 확인한다.

보지 않아도 안다. 저 밖에 나의 동족이 있다.

멀리서 동족이 다가온다. 이미 냄새로 인지하고 있었지만 눈앞에 선명히 존재를 드러낸 동족은 내 심장을 뛰게 한다. 마침내 가까워진 동족과 나는 서로의 가랑이 냄새를 맡는다. 수컷이다. 줄을 쥔 두 인간이 우리 둘의 거리를 적당히 조절하고 있으니 안심해도 된다. 그걸 알면서도 나는 온전히 경계를 풀지 않는다. 순식간에 나를 물어뜯으려는 녀석들이 있기 때문이다. 대개는 나보다 덩치가 큰 녀석들이 그러지만 때로는 덩치와 상관없이 기세만으로 나를 제압하는 녀석도 있다. 가장 두려운 건 교미를 시도하는 수컷들이다. 녀석들은 번번이 제 인간의 손에 끌려갔지만 나는 한동안 공포에 시달렸다. 또다시 새끼를 밸까 봐. 바닥에 끌리도록 배가 불러 오다가 헐어 빠진 밑으로 또다시 새끼를 낳아야 할까 봐. 나오지도 않는 젖을 빠는 어린것들을 또다시 인간에게 빼앗길까 봐. 갈가리 찢긴 가슴으로 울부짖다가 인간에게 걷어차이는 밤이 올까 봐.

"이봐, 안심하라고. 너도 나도 이제 자손 따위는 만들 수 없으니까."

수컷이 말했다.

"이상하게 암컷을 봐도 더는 끌리지 않더라니, 그날부터였어. 내 인간이 날 거기로 데려간 날. 왜, 너도 가 봤을 텐데. 차갑고 날카로운 냄새를 풍기는 인간이 우리 몸 여기저길 헤집고 뾰족한 걸로 찌르고 아가리를 벌려서 쓰디쓴 걸 먹이는 데 말이야."

그곳을 말하는 듯했다. 나 역시 이따금 인간에게 이끌려 가는 곳. 입구만 봐도 오금이 저리는 곳.

내 인간이 어째서 그때만큼은 다른 인간이 나를 함부로 하도록 내버려두는지 알 수 없는 곳.

"뾰족한 것에 찔리고는 정신을 잃었는데, 깨 보니 아랫도리가 죽도록 아팠지. 근데 핥지도 못하게 모가지에 뭘 씌워 놨더라고!"

나도 겪었다, 나도. 그때의 고통이 새삼 떠올랐다. 새끼를 낳을 때의 고통에야 비할 바 아니었지만.

"그 뒤로 내가 감이 훅 떨어지긴 했지만, 너도 같은 일을 당한 건 알겠어. 암컷의 냄새가 희미해."

내게 일어난 영문 모를 일들을 이 수컷은 알고 있었다. 더 듣고 싶었다. 묻고 싶었다. 언제부터인가 내 안에서 뭉게뭉게 피어오르며 나를 울렁이게 하는 질문들이 있었다. 그러나 내 인간과 달리 수컷의 인간은 우리의 시간을 더는 허락하지 않았다. 그가 수컷을 냉큼 안아 올리고는 발길을 옮겼다.

수컷이 알 수 없는 말을 하며 멀어져 갔다.

"봤지? 인간의 세상에서 우리가 뭘 어쩌겠어."

인간의 세상. 그 짧은 한마디는 내 오랜 질문에 답이 되지 못했다. 속만 더 타들어 갔다. 내 인간이 줄을 가볍게 당기며 가자는 신호를 보냈다. 걷는 동안 곳곳에서 동족의 냄새가 날아들었다. 냄새의 주인을 하나하나 만나 가랑이에 코를 들이밀고 싶다고 생각할 때였다. 어디에서인가 강렬한 동족의 냄새가 한꺼번에 밀려왔다. 동족이 떼 지어 있는 게 틀림없었다. 그곳으로 발걸음을 재촉하는 동안 인간은 단 한 번도 나를 제지하지 않았다. 애초에 날 거기로 데려갈 생각이었던 것처럼. 도착하고 보니 짐작한 대로 많은 동족이 투명한 벽 너머의 공간에 모여 있었다. 이렇게 많은 동족을 보는 것은 처음이었다. 당장 그곳에 뛰어들고 싶었다.

그러나 여태 내 발길을 허락한 인간이 어째서인지 그 앞에서 줄을 바짝 당겨 쥔 채 꼼짝도 하지 않았다. 인간을 올려다보며 간절히 허락을 기다렸지만 인간은 내게 눈길도 주지 않았다. 대신에 투명한 벽 앞에 버티고 선 다른 인간을 노려보았다. 두 인간이 주고받는 목소리가 높아져 갔다. 내 인간의 얼음장 같은 목소리에 나도 모르게 움츠러들었다. 그리고 마침내 내 인간이 줄을 잡아당기며 그곳을 떠나려 했다. 투명한 벽 너머의 공간을 향해 뒷걸음쳐 보았지만 소용없었다. 내 인간은 이번만큼은 내 뜻을 들어줄 생각이 없어 보였다.

"버틴다고 될 일이 아니야."

그곳에서 동족 하나가 제 인간과 함께 나오며 말했다.

"모르겠어? 널 들여보내지 않는 건 네 인간이 아

니라 저 인간이라고."

동족의 시선이 벽 앞에 버티고 선 인간을 향했다. 그가 나를 매섭게 노려보고 있었다. 그 눈빛이 예전의 그 인간을 떠올리게 했다. 벽 앞의 인간은 나를 굶기지도 걷어차지도 않고서도 눈빛만으로 나를 얼어붙게 했다.

"왜? 왜 너는 되고 나는 안 되는데?"

동족에게 물었다.

"나도 모르지. 내가 아는 건 하나야. 인간들은 너랑 나를 다르게 본다는 거."

"다르게? 어떻게 다르게?"

내가 동족에게 와락 다가서자 두 인간이 동시에 줄을 잡아당겼다.

"난들 알겠어? 그 눈에 뭐가 보이는지. 이 앞에서 너처럼 제지당하는 녀석들이 있는가 하면 나처

럼 언제든 무사통과하는 동족이 있다는 것만 알아
둬. 왜냐곤 묻지 말고. 나도 몰라. 여긴 인간의 세상
이니까."

동족이 제 인간에게 안겨 가며 말했다.

인간의 세상. 뭔가를 아는 듯한 동족들은 입을
모아 말했다. 인간의 세상. 인간의 세상.

그 동족을 다시 만난 것은 며칠 뒤, 흙냄새와 식
물 냄새가 가득한 탁 트인 공간에서였다. 투명한
벽 너머의 공간만큼 동족이 많지는 않지만 언제 가
더라도 제법 많은 동족을 볼 수 있는 곳이다. 무엇
보다도 다른 곳에서와 달리 인간들이 좀 더 느긋이
우리의 시간을 허락한다는 점에서 언제든 달려가
고 싶은 곳이기도 했다. 그 공간에서 뜻밖에도 유
리 벽 앞에서 만난 동족을 다시 만난 것이다.

"물어볼 게 있어."

녀석에게 다급히 달려들자 두 인간이 동시에 줄을 당겼다.

"워워, 순하게 굴어. 안 그러면 인간들이 우리를 갈라놓을 거니까."

동족이 나를 제지하더니 내 주위를 맴돌며 말했다.

"귀가 그게 뭐야, 쫑긋 세워서는. 좀 접어 봐. 순해 보이게. 꼬리는 살랑살랑 흔들고. 그래야 인간들이 안심한다고."

동족이 시키는 대로 해 보았지만 잘되지 않았다. 귀도 접히지 않을뿐더러 도무지 꼬리를 살살 흔들 수가 없었다. 연약한 가랑이를 함부로 내보일 수 없었다.

"마음 놔. 웬만해서 급소를 공격당할 일은 없으니까. 인간들이 어찌나 우릴 귀하게 모시는지, 털

끝 하나 다치는 꼴을 못 봐요. 난 좀 거칠게 굴고 싶은데 말이야. 아무나 좋으니 한번 붙고 싶거든. 인간이든 동족이든 다른 짐승이든. 물론 죽을 만큼 은 아니고. 적당히 물어뜯고 뜯기고 하면서 피 냄 새도 좀 맡고."

동족이 숨을 깊이 들이마시며 말했다.

피 냄새라니, 끔찍한 소리였다. 내 인간의 곁에 온 뒤로 맡을 일이 없어진 것 중 하나가 바로 피 냄 새였다. 그 더럽고 춥고 비좁은 곳에서는 늘 누군 가의 비참한 피 냄새가 났다.

"저 녀석들 좀 봐. 이가 근질거리지도 않나? 어 쩌면 다들 저렇게 잘도 참고 살지?"

그가 한데 뒤엉켜 노는 동족의 무리를 가리키며 말했다.

"하긴, 자기가 어쩌다가 인간의 세상에 왔는지

궁금하지 않다면 그럴 만도 해. 혹시 알아? 아예 자기를 인간으로 알고 살지도."

우리가 어쩌다가 인간의 세상에 왔는지. 그것은 바로 내 오랜 질문이었다.

"넌 안다는 뜻이야? 우리가 어쩌다가 인간의 세상에 왔는지?"

"워워, 달려들지 말라니까."

동족이 뒤로 물러나며 말했다.

"아는구나. 나에게도 알려 줘, 제발."

동족의 주둥이를 핥으며 애원했다.

"정말이야? 너 같은 녀석은 처음 봐. 알아도 어쩔 수 없는 걸 왜 알려고 하지?"

"알고 싶어. 알아야겠어."

"흠, 그렇다면 미리 경고할 게 있어. 듣고 나면 후회할지도 몰라. 원망할 수도 있고."

"누굴 원망해? 너를?"

"너일 수도."

"원망하지 않을게, 나든 너든."

"좋아. 따라와."

그때였다. 동족의 인간이 줄을 당기더니 그를 이끌었다.

"이렇다니까."

동족이 어쩔 수 없다는 표정을 보이며 인간에게 이끌려 갔다.

인간의 세상. 그랬다. 어디를 가나 인간의 세상이었고 우리의 시간은 언제나 인간에게 달려 있었다.

집에 돌아오면 늘 동족의 냄새와 함께 내 일부가 씻겨 나갔다. 반쪽이 된 나는 인간의 품을 파고들었다. 나는 내 인간을 사랑한다. 나에게 사납게 짖어 대지 않는, 나를 굶기지도 걷어차지도 않는

인간을. 나를 씻기고 먹이는, 숨이 막히도록 나를 끌어안고 얼굴을 비벼 대는, 밤이면 곁을 내주고 함께 잠드는, 해가 저물도록 돌아오지 않으면 나를 울고 싶게 하는 인간을. 그러나 그를 사랑할수록 내 반쪽에 차오르는 것은 단 하나의 질문이었다.

나는, 우리는 어쩌다가 인간의 세상에 왔는가.

그 동족을 만난 뒤로는 질문 하나가 더해졌다.

대체 어디로부터.

어느 선선한 밤이었다. 인간이 모처럼 이 시간에 나를 탁 트인 공간에 데려와 주었다. 그러나 실망스럽게도 밝을 때보다 동족의 냄새가 적었다. 그 동족을 만나기는 쉽지 않겠다고 생각할 때였다.

"마침 잘 왔어. 네가 어디에서 왔는지 알고 싶다고 했지?"

그 동족의 목소리였다. 그가 덤불 아래를 정신없이 파헤치고 있었다. 동족의 냄새가 흙냄새에 뒤덮여서 내가 맡지 못한 모양이었다. 그나저나 어째서 그의 인간이 저런 행동을 허락했는지 모르겠다. 다른 때 같으면 줄을 당기거나 동족을 안아 올렸을 인간이 줄을 느슨히 쥔 채 그가 하는 대로 내버려두고 있었다.

"이렇게 어두울 땐 내 인간이 좀 너그러워지더라고. 동족도 인간도 뜸한 시간이어서 그런가. 또 모르지. 이 시간엔 네 인간도 너그러워질지."

아니나 다를까 두 인간이 거리를 좁히며 목소리를 주고받기 시작했다. 그러고 보니 나를 묶은 줄도 느슨했다. 동족이 파헤치는 구덩이에 가까이 다가가 보았다. 잠시 후, 구덩이 안에서 빛줄기가 새어 나왔다. 동족이 빛이 나는 물건을 발견하고 꺼

내려는가 싶었다. 하지만 파헤칠수록 구덩이만 커지고 물건이라고는 나오지 않았다. 커다래진 구덩이에서 눈이 부시도록 빛이 솟구쳐 올랐다.

"대체 뭘 찾는데?"

눈을 찡그리며 물었다.

"다시 물을게. 정말로 알고 싶어? 네가 어쩌다 여기에 왔는지?"

동족이 다그치듯 물었다.

"그래, 알고 싶어."

"그럼 가자. 뛰어들어."

동족이 구덩이를 가리키며 말했다.

"여기에 뛰어들라고?"

"인간들의 시간이 끝나기 전에, 얼른."

동족이 재촉했다.

"줄! 줄에 묶여 있는데 어떻게 뛰어들어!"

"줄은 잊어. 잊으라고. 그 줄이 따라올 수 없는 곳으로 가는 거야. 정신을 집중해!"

동족이 외쳤다.

"못하겠어!"

"줄은 의식하지 말라니까. 인간도. 온전히 너 자신한테 집중해. 뛰어들라고. 이렇게."

동족이 빛이 솟아나는 구덩이로 가뿐히 몸을 던졌다. 나는 믿을 수 없는 광경 앞에서 완전히 얼어붙고 말았다.

"얼른 따라와!"

동족의 목소리가 구덩이 안에서 멀어져 갔다.

"온전히 나 자신에게 집중하라고? 줄은 의식하지 말고?"

다급한 마음에 중얼거릴 때였다. 한순간에 주위가 고요해졌다. 내 눈앞엔 오로지 분수처럼 빛을

뿜어내는 구덩이가 있을 뿐이었다. 그 안에서 동족
의 목소리와 더불어 다른 목소리가 희미하게 들려
왔다.

"달려!"

"그렇지, 이쪽으로!"

"거의 다 됐어!"

구덩이 너머에 무엇인가 있는 게 틀림없었다.

눈을 질끈 감고 구덩이로 뛰어들었다.

"으아아악!"

한없이 추락하고 있다고 느낄 때였다.

쿵.

이대로 온몸이 부서지는가 싶더니 땅을 박차고 있는 커다란 네 발과 터질 듯한 허벅지를 느끼며 정신이 들었다. 나는 어느새 잿빛 털을 휘날리는 동족 무리와 함께 공기를 가르며 달리고 있었다. 어째서인지 나는 무리와 완벽하게 호흡을 맞추며 먹잇감을 뒤쫓는 중이었다. 쫓는 우리도, 쫓기는 먹잇감도 새하얀 입김을 연신 토해 냈다. 주둥이가 얼어붙을 만큼 매서운 추위였다.

먹잇감이 정확히 우리가 의도한 대로 갈팡질팡하며 내달리는 동안 우리는 지름길을 이용해 놈을 따라잡았다. 놈을 에워싸는 동시에 동족 넷이 각각 먹잇감의 양쪽 등과 엉덩이에 윗니와 아랫니를 쑤셔 박았고, 나는 무릎을 꺾으며 주저앉는 놈의 목덜미를 힘껏 물었다. 입안에 퍼지는 피 맛에 오래 굶주린 위장이 미친 듯이 요동쳤다. 이럴 때일수록 신중해야 했다. 턱이 빠질 듯 아파 왔지만 버텨 냈다. 발버둥 치던 놈이 눈을 뒤집으며 축 늘어지고 서야 모두가 달려들어 여린 뱃가죽을 찢었다. 더운 김과 함께 내장과 피가 왈칵 쏟아져 나왔다. 알파가 먼저 내장을 물어뜯고 이어서 사냥을 함께한 우리가 차례로 주린 배를 적당히 채웠다. 끝으로 멀리서 사냥을 지켜보며 서성이던 어린것들을 불러들였다. 짧은 주둥이를 온통 피로 적시며 할짝대기만 하던 녀석들이 이제는 제법 앙칼지게 살점을 물어뜯었다.

뼈에 붙은 살점은 물론이고 뼈를 부수어 그 속의 골수까지 알뜰히 발라 먹고서도 우리는 입맛을 다셨다. 추위에 자꾸만 오그라드는 근육을 채찍질해 가며 사냥에 들인 공에 비하면 그 전리품은 볼품없었다. 우리 무리를 온전히 배 불리지 못했다.

추운 계절은 먹히는 자에게도 가혹했을 것이다.

거처로 돌아와 나른한 몸을 누이고 쉴 때였다.

"못 따라올 줄 알았더니, 제법인데."

함께 사냥에 나섰던 동족이 다가오며 물었다. 한배에서 난 자매이기도 했다.

"무슨 소리야. 달리기는 내가 한 수 위라는 거 잘 알 텐데. 특히나 사냥할 때라면."

"그렇게 겁을 내더니 빛의 구덩이에 잘도 뛰어들었다, 이 말이야."

"빛의 구덩이라니? 뛰어들었단 소린 또 뭐고? 같이 사냥하고 왔으면서 무슨 소리냐고. 대체 얼마만의 사냥이야. 이번에도 실패했으면 저 어린것들을 어쩔 뻔했어."

어머니가 우리 다음으로 낳은 다섯 녀석 중 가장 여린 것은 생애 첫 겨울에 혹한과 굶주림을 견

디지 못하고 죽음을 맞았다. 제 동기를 잃은 어린 것들은 추위에도 아랑곳하지 않고 서로의 꼬리를 쫓으며 눈밭에서 뒹굴고 있었다.

"그래, 기억 못하는 게 당연해. 나도 처음엔 그랬으니까. 너도 돌아가고 나서야 여기가 어디였는지 알게 될 거야."

자매가 나를 가만히 바라보며 말했다

"자꾸 무슨 소리지? 여기에서 돌아가? 어디로? 아무리 오래 굶었어도 너는 그러면 안 되지. 정신 똑바로 차리라고."

나와 자매는 훌륭한 사냥 파트너이자 다음 세대의 암컷 알파 자리를 두고 서로를 견제하는 사이였다. 우리 무리의 수컷 알파였던 아버지가 먹잇감의 거센 발길질에 아래턱이 부서지고 끝내 굶어 죽자 무리에 조용히 섞여 있던 떠돌이 수컷이 아버지

의 형제들을 일순에 제압하고 알파 자리를 차지한 것이 얼마 전이다. 아버지를 잃은 어머니가 세상을 잃은 듯 모든 것을 놓고 그림자처럼 사는 동안 나와 형제자매가 저 어린것들을 먹이고 보살폈지만 막내는 끝내 지키지 못했다.

떠돌이 수컷이 알파로 등극한 순간은 우리 무리에 새로운 피가 수혈되리라는 약속의 순간이기도 했다. 그간의 오랜 친족 간 교배는 무리의 결속을 공고히 하는 대가로 건강을 앗아 갔다. 최근 몇 세대에 걸쳐 질병을 자주 앓으면서 우리 무리의 수명이 선대보다 부쩍 짧아진 것이다. 새 알파와 짝을 이뤄 암컷 알파가 된다는 것은 새로운 혈통을 생산해 무리의 건강을 되찾는 중책을 맡는다는 뜻이었다. 자매와 나는 바로 그 자리를 두고 서로를 견제하고 있었다.

밤이 암흑처럼 찾아왔다. 밤하늘에 알알이 박혀 빛나는 것들은 언제 봐도 가슴이 울렁거릴 만큼 신비로웠다. 또렷한 시각, 그리고 그보다 훨씬 강력한 후각으로 감지되는 동족의 존재보다도 나를 더욱 안심시키는 것은 나를 품는 동시에 위협하는 끝 모를 이 공간, 그래서 늘 온몸의 신경을 곤두세우고 하루하루를 악착같이 살아가게 하는 대지였다.

어디에선가 피 냄새가 밀려들었다. 배를 채운 뒤에 맡는 그 냄새는 그저 내 몸이 감지하는 수많은 정보의 하나일 뿐, 더는 나를 자극하지 않았다. 하지만 그 냄새에 섞인 다른 정보가 나를 긴장시켰다.

인간.

그들이 이 시간에 먹잇감을 해체하고 있다는 건 이른 아침에 시작해 몇 번이나 실패한 사냥에서 마침내 승리했다는 뜻이다. 잠보다 주린 배가 급한 그들의 분주한 움직임이 냄새와 소리에 실려 왔다. 우리만큼이나 그들도 긴 굶주림 끝에 사냥에 성공했을 터다.

인간은 우리와 크게 다르지 않았다. 언제부터인가 그들과 우리의 사냥 영역이 겹치곤 했다. 때로는 같은 무리의 먹잇감을 각각 쫓다가 서로 스치기도 했다. 그들과 우리는 저마다의 절박한 사냥에 최선을 다했다. 그때만큼은 인간과 우리가 생김새만 다를 뿐 한 동족의 다른 무리처럼 느껴졌다. 그들도 우리처럼 함부로 사냥하지 않았다. 늙거나 어리거나 약한 것만 뒤쫓았으며 한창 번식할 때의 개체는 건드리지 않았다. 전해 내려오는 이야기에 따르면 인간이 우리에게 사냥 기술을 배운 결과였다. 나무에 올라가 살다가 땅으로 내려와 생활하면서

체모마저 벗어 던진 인간은 어떤 종족보다 취약한 존재가 되었으며 그때부터 사냥하는 법을 다른 종족으로부터 배웠다고 했다. 그들은 사냥뿐 아니라 무리 지어 사는 법도 배웠다. 짝을 이룬 암수 한 쌍을 중심으로 몇 대가 모여 살며 일을 나누고 어린 것들을 함께 기르는 모습은 우리 종족을 모방한 결과였다.

나도 모르게 옮긴 발걸음이 어느새 인간의 거처 근처에 다다랐다. 등성이 중턱에 서서 그들의 분주한 움직임을 내려다보았다. 그들은 해체한 먹잇감을 동굴 안으로 들여보내는 한편 털가죽을 펼쳐 널고 있었다. 피 칠갑을 한 채 뼈만 남은 먹잇감에서 아직도 허연 김이 희미하게 피어오르고 있었다. 얼마 전까지 대지의 삶을 치열히 살아 낸 자의 마지막 숨이 살아갈 자들의 숨을 데우고 있었다.

　살을 에는 추위가 하루가 다르게 깊어 갔다. 언
제가 될지 모르는 다음 사냥까지 최소한의 움직임
만으로 연명해야 하는 것은 우리도, 다른 짐승의
털가죽을 쓰고 버티고 있는 저 맨살의 인간들도 매
한가지였다. 어째서인지 어린것들만은 추위에도
아랑곳하지 않고 틈나는 대로 놀이를 일삼는 것도

똑 닮아 있었다.

　마침 작고 어린 인간이 거처를 엉금엉금 빠져나왔다. 큰 인간에게 안긴 모습은 몇 번 봤지만 혼자 움직이는 모습은 처음이었다. 작은 인간은 두 앞다리에 무게를 싣고 엉덩이를 쳐들더니 조심스럽게 몸을 일으켜 뒷다리로 섰다. 그러고는 잠시 위태롭게 휘청거리는가 싶더니 천천히 발걸음을 떼기 시작했다. 한 발, 한 발. 경이로웠다. 인간은 처음부터 뒷다리로 걷지 않는구나. 네 발로 걷다가 이렇게

두 발로 걷기 시작하는구나. 작은 인간은 지켜보는 나만큼이나 자신의 걸음걸음에 놀란 듯했다. 그러나 체구에 비해 큰 머리의 무게를 감당하지 못했는지 이내 털썩 주저앉았다. 다시 앞다리에 무게를 싣고 일어나 발걸음을 옮기던 작은 인간이 제 뜻을 따르지 않는 두 뒷다리를 엇갈리며 앞으로 엎어졌다. 작은 인간이 울음을 터뜨리는 동시에 내 몸이 나도 모르게 그쪽을 향하려는 순간이었다. 큰 인간 하나가 거처에서 튀어나왔다. 두 앞발로 어린것을 감싸 안는 다급한 순간에도 그의 예리한 시선이 어둠 속에서 단번에 나를 찾아냈다. 그는 앞발만 뻗으면 언제라도 쥘 수 있는 길고 날카로운 것을 옆에 두고도 어린것을 안은 채 나를 가만히 바라보았다. 그 시선이 적의나 경고인가 싶어 나도 털을 바짝 곤두세웠지만 그 눈동자를 바라볼수록 이상한

안도를 느꼈다. 어쩌면 두꺼운 털가죽 아래에 잔뜩 부풀어 있는 배 때문인지도 몰랐다. 큰 인간은 새끼를 밴 암컷이었다. 날카롭고도 순한 자태를 동시에 드러내는 어미의 모습 또한 우리나 저들이나 마찬가지인 듯싶었다.

어느새 울음을 그친 어린것이 암컷에게 평온히 안겨 있었다. 암컷이 어린것의 얼굴을 내 쪽으로 향하게 하고는 앞 발가락 하나를 길게 뻗었다. 내 쪽을 가리키는 듯싶었다. 하지만 어린것은 어둠 속에서 나를 찾아내지 못하고 두리번거리기만 했다. 그러자 암컷이 어린것의 앞발 하나를 쥐고 내 쪽을 향해 흔들었다. 무슨 뜻이었을까.

"늘 경계해라, 저 요망한 앞발을."

아버지가 살아생전에 인간 무리를 가리키며 말하곤 했다.

"날카로운 이빨도 발톱도 가지지 못한, 심지어 털가죽도 갖지 못한 약해 빠진 인간이 어째서 우리와 어깨를 나란히 하게 되었느냐. 바로 저 앞발 때문이다."

아버지의 말이 아니더라도 어느 종족과도 다른 인간의 앞발은 늘 부지런히 움직였다. 무엇인가를 쥔 채로. 지금도 그들의 거처 앞에는 길고 날카로운 것이 늘어서 있다. 틀림없이 오늘의 먹잇감을 쓰러뜨리는 데 크게 한몫했을 것이다.

"그들이 쥔 저 길고 날카로운 것이 언제까지 먹잇감만을 향할 거라고 생각하느냐."

아버지는 언젠가 그 날카로운 것이 우리를 향할지도 모른다고 했다. 그는 그들의 앞발에 다른 무엇이 쥐일지 모른다는 근원적인 두려움을 품고 있었다. 두려움을 품은 자는 강하고 완고했다. 아버지는 어머니와 함께 우리 무리를 단단히 틀어쥐고 나아갔으며 인간 무리와 늘 거리를 두었다. 내가 지금 이렇게 인간의 거처 가까이 와 있는 것도, 그들과 우리가 어떻게 같고 다른지를 생각하는 것도 새 알파가 있기에 가능했다. 유연한 그와 함께라면 우리는 인간에게 좀 더 가까이 다가가고 인간을 좀 더 알 수 있을지도 모른다. 내가 알파가 되어야 하는 이유였다.

두 인간이 거처로 들어가고서야 나도 발걸음을 옮겼다. 내 무리의 보금자리가 가까워질 때였다. 멀리서 번쩍이는 두 눈이 다가왔다. 자매였다.

"또 인간을 보고 오는 거야?"

자매의 목소리에 냉소가 묻어 있었다. 나는 아무 대꾸도 하지 않았다.

"내가 알파가 되어야 하는 이유가 적어도 하나

는 있지. 나는 너처럼 인간에게 쓸데없는 호감을 갖지 않아."

"호감이 아니야."

사실이 아니었다. 호감이 아니라고는 할 수 없었다.

"그럼 호기심이라고 해 두든가. 어쨌든 너의 그 호기심이 우리를 위험에 빠뜨릴 수 있다는 걸 명심해."

자매는 경쟁자 이상으로 부쩍 공격적이었다.

"내가 우리를 위험에 빠뜨릴 거라고? 어떻게 그런 생각을 해? 내가 왜 알파가 되기를 원하는데. 누구보다 우리를 강하게 하기 위해서야. 우리에겐 새 혈통뿐 아니라 새로운 질서와 방향이 필요해. 내가 그걸 주도할 거라고."

자매는 내 말에 아무런 대꾸도 하지 않았다. 그

저 가만히 나를 바라보다가 굳이 내 어깨를 밀치고는 멀어져 갔다.

'너의 그 호기심이 우리를 위험에 빠드릴 수 있다는 걸 명심해.'

자매의 말이 귓가에 맴돌았다. 자매가 요즘 부쩍 나를 견제한다는 점을 감안하더라도 그 말은 나를 움츠러들게 했다. 모처럼 배를 채웠는데도 쉬이 잠이 오지 않았다. 아버지에게 묻고 싶었다. 그저 우리를 닮은 인간 무리에게 호감을 느끼고 조금 더 알고 싶은 것이 정말로 그렇게 위험한 일인지. 그때는 무조건 복종하고 따라야 했던 알파였지만 과연 아버지가 전적으로 옳았는지 모르겠다. 새 알파는 적어도 인간만을 지목해 경계하라고 경고하지는 않았다. 물론 그라고 해서 다 옳은지도 알 수는

없지만.

부상을 입고 떠돌다가 우리 무리에 발을 들였을 때부터 그는 부드럽고 유연한 존재였다. 우리가 물어다 주고 게워 낸 먹이를 먹으며 회복하자마자 어린것들의 보육자를 자처했다. 어린것들은 누구와도 다른 방식으로 격렬히 놀아 주는 그를 몹시 따랐으며, 그렇게 이룬 단단한 유대감은 우리가 그를 알파로 받아들이는 데 크게 한몫했다. 그는 알파가 되어서도 여전히 어린것들을 지극히 아끼며 최선을 다해 놀아 주었고, 그러는 사이에 어린것들은 근육과 민첩함을 키우며 용맹한 예비 사냥꾼으로 자라났다. 그들이 예상보다 일찍 사냥 실전에 합류할 것은 틀림없었다.

"인간에 대해 어떻게 생각해?"

어느 날, 새 알파에게 물었다.

"인간 무리와 함께 사냥하는 동족이 있다고 들었어. 우리도 그럴 수 있을까?"

내 질문에 알파는 곧장 대답하지 않았다. 생각에 잠긴 듯했다. 아니라는 대답을 듣지 않은 것만으로도 나는 일말의 가능성을 확인했다. 그도 인간과 우리 사이를 신중히 짚어 보고 있을지 몰랐다. 그 가능성만으로도 나는 그의 짝이, 알파가 되고 싶다는 열망에 확신을 가졌다. 내가 그를 이끌어 우리 무리에 새로운 바람이 불어 들게 할 것이다. 밖에서 온 혈통을 내 배로 낳고, 먹이그, 가르칠 것이다. 우리가 대대로 배운 것을. 그리고 배우지 않은 것까지.

한껏 달아오르던 열망은 오래가지 않았다.

"새끼를 뱄어. 알파와 짝짓기를 했다고."

어느 날, 자매가 말했다. 평소와 다름없이 내게 다가와 코를 핥고 어깨를 치대면서.

"이렇게 일찍 발정이 올 줄은 몰랐는데 말이야. 그렇다고 때를 놓칠 순 없잖아?"

알파의 자리는 마음이 아닌 몸이 먼저 준비된 자의 것이었다. 나는 참담함에 휩싸인 채 몸과 마음을 모두 내려놓아야 했다. 상대가 누가 됐든 나도 언젠가는 새끼를 밸 수 있지만 그것들은 태어나자마자 죽임을 당할 것이 뻔했다. 어머니의 자매가 낳은 새끼를 어머니가 물어 죽인 것처럼.

얼마 뒤, 자매의 배가 부르기 시작하자 무리의 모두가 환호하며 그의 임신을 축복했다. 자매와 새 알파는 수시로 어깨를 밀착한 채 나란히 걷다가 서로의 주둥이를 핥는 모습을 보였고, 자매는 모두에게 확실한 암컷 알파로 받아들여졌다. 자매가 마침

내 굴을 파고 출산에 들어가면 모두가 입구에 모여
들어 낑낑대고 꼬리를 흔들며 새끼를 보고 싶어 안
달할 것이다. 나 또한 그럴 것이다. 새끼들이 태어
나면 그들을 보살피고 먹이고 지킬 것이다. 내가
원하는 방식이 아니라 알파의 방식. 자매의 방식
으로.

"네가 아니라 내가 알파가 되어야 하는 이유가 적어도 하나는 있다는 말 기억해?"

자매가 천천히 걸어오더니 내 곁에 몸을 누이며 물었다. 배가 제법 불러 있었다.

"늦었지만 또 한 가지 이유를 말해 줄까? 네 안의 소리, 그걸 잘 들었더라면 지금쯤 네 배가 불러 있을 거야."

"무슨 소리야?"

"너는 알파가 되겠다면서도 정작 네 몸의 신호를 못 읽었어. 간발의 차로 나보다 먼저 발정이 났으면서도 그 사실을 몰랐다고."

심장이 쿵 내려앉았다. 나에게 먼저 신호가 왔었다니. 자매는 몸이 먼저 준비되어서 알파가 된 것이 아니었다. 나는 몸으로도 마음으로도 자매에게 패배한 것이다. 패인은 둘이 아니었다. 결국 하나였다. 자매의 표현에 따르자면, 나의 쓸데없는 호기심.

참담했다. 아버지, 어머니가 늘 내게 주던 충고와도 다르지 않았다. 둘은 늘 자매에게 멀리 내다보라고 이르면서도 나에게는 가까운 주위부터 살피라고 일렀다. 형제자매들이 저마다 다른 충고와 가르침을 받는 것은 당연했지만 그러는 사이에 자매는 알파로서의 면모를 하나둘 갖춘 셈이었다. 그리고 마침내 아버지를 쏙 빼닮은 알파가 된 것이다.

먼 등성이에서 하울링이 들려왔다. 자매의 목소리였다. 곧이어 수컷 알파가 함께 울부짖었으며 곳곳의 무리 일원들이 저마다 고개를 들고 길게 울었다. 나도 내 자리에서 힘껏 목청을 돋웠다. 내가, 우리가 이렇게 살아 있다고, 이곳이 우리 무리의 영

토라고 알리는 긴 합창이 밤하늘을 뒤흔들었다. 합창이 끝난 줄 모르는 어린것들이 좀 더 길게 운 뒤에야 암흑과 고요가 깃들었다. 그러자 또렷해진 정신을 뚫고 낯선 질문이 스멀스멀 다가왔다. 방금 마친 합창 속에서 나는 진실을 말하였는가. 이곳이 내 자리라고, 나는 이곳의 고귀한 존재라고 외치면서 거짓을 말하지는 않았는가. 문득 어떤 기운이 온몸에 감돌았다. 감정 같기도 했다. 이따금 이유 없이 내게 찾아들곤 하던 감정을 흘려보내지 않고 붙들었다. 그리고 가만히 들여다보았다. 그것은 외로움 같았고, 그래서 불편했다. 나는 어째서 이 끈끈한 무리 안에서 외로움을 느끼는가.

한없이 바닥으로 가라앉는 것만 같은 순간, 멀리서 나를 부르는 소리가 들려왔다. 나를 부르는 소리인 줄은 알겠는데 어째서인지 내가 아는 언어가 아니었다. 인간의 목소리였다.

어째서 인간이 나를 부르지? 저 소리가 나를 부르는 것인지는 내가 어떻게 알고? 머릿속이 뒤엉키는 것을 느끼며 마구 두리번거렸다. 저 멀리 빛뭉치가 보였다. 저런 빛을 어디에선가 분명히 봤는데. 누군가 먼저 저 빛 속으로 뛰어들고 내가 뒤따라 뛰어든 기억이…… 났다.

"가 봐."

어느새 자매가 내 앞에 바짝 다가서서는 말했다.

"무, 무슨 소리야. 인간한테 가라니, 그게 네가 할 말이야?"

"네가 어디에서 왔는지 알고 싶다고 했잖아. 알았으니 이제 돌아가라고. 그리고 다시는 오지 마. 다시 오면 그때는 너 자신뿐 아니라 네 후손까지 위험에 빠뜨릴 거니까."

자매가 떠밀다시피 나를 내몰았다. 그 매서운 눈길에 쫓기듯 빛을 향해 엉거주춤 걸었다. 이따금 뒤를 돌아보면 잠든 무리 가운데에 우뚝 선 자매가 일렁이는 눈빛으로 나를 쏘아보고 있었다.

빛의 구덩이 앞에 서자 인간의 목소리가 더욱 선명히 들려왔다. 나를 부르는 저 애타는 목소리를 분명히 들은 적이 있다. 마지막으로 동족의 무리를 돌아보았다. 그리고 눈을 질끈 감고 빛의 구덩이에 뛰어들었다.

무엇인가에 낚이듯 몸이 홱 끌려갔다. 인간이 내 몸에 걸린 줄을 잡아당긴 것이었다. 이 냄새. 내 인간이었다. 그제야 주변이 환하게 시야에 들어왔다. 식물 냄새와 흙냄새로 가득한 탁 트인 공간. 저마다 인간을 동반한 채로 동족과 어울려 뒹굴며 서

로의 냄새를 맡을 수 있는 곳. 이곳 어딘가에서 빛
의 구덩이로 뛰어들었다.

　"그래, 우리가 어쩌다 인간의 세계로 오게 됐는

지는 알았고?"

동족이 다가오며 물었다. 빛의 구덩이로 나를 안내한 바로 그 동족이었다.

"언제 날 따라왔어?"

"따라오다니. 난 계속 여기 있었는데."

"아니잖아. 잠든 무리 한가운데에 우뚝 서서 나를 바라봤잖아."

"고작 거기에서 돌아와 버린 거야? 우리가 어쩌다 인간의 세계로 오게 됐는지 알고 싶다더니, 네인간이 부르는 소리를 못 참고 돌아와 버렸어?"

동족이 앙칼진 소리로 호통쳤다.

내 눈엔 모두 똑같기만 한 동족이 인간의 눈에는 다르게 보인다던 말을 이제야 알겠다. 까맣고 동그란 눈, 짧은 주둥이, 날개처럼 커다랗고 축 처진 귀, 짧고 매끄러운 털, 그리고 짧은 다리의 조그만 동족이 이제야 눈에 보였다. 한배에서 난 나조차 압도하던 매섭고 늠름한 자매가 어째서 이곳에서 이런 모습이 되어 있는지 알 길이 없었다. 우리는 어쩌다 인간의 세계에 왔는가. 그 답을 확인하지 못하고 돌아온 나 자신이 부끄러웠다. 동족의 질책이 뼈아팠다.

인간의 시간이 끝났으므로 동족과 나도 헤어져야 했다. 내 인간에게 이끌려 어느 닫힌 공간에 들어섰다. 익숙한 냄새와 함께 이곳의 기억이 밀려왔다. 내 인간이 비참한 삶으로부터 나를 데려다 놓은 곳. 나와 내 인간의 냄새로 가득한 곳. 누구도 나를 해칠 수 없다는 믿음을 주는 안온한 공간. 그런데도 어째서인지 어딘가가 자꾸만 그리워지는 곳이었다. 눈을 감고 잠을 청하자 칠흑 같은 밤하늘이 떠올랐다.

그날 이후 탁 트인 공간에 갈 때마다 빛의 구덩이를 알려 준 동족을 찾아보았지만 통 만날 수가 없었다. 이곳에 온다고 해서 모든 동족을 만난다는 법은 없었지만 이렇게 오래 못 만나기는 처음이었다. 그를 다시 만난다면 한 번만 더 기회를 달라고 부탁할 생각이었다. 빛의 구덩이를 열어 달라고, 그곳에서 끝까지 버티며 과연 우리가 어쩌다가 인간의 세계에 오게 되었는가를 지켜보고야 말겠다고 애원할 생각이었다.

동족을 다시 만난 것은 한참 시간이 흘러 그 생각을 포기하다시피 한 때였다. 냄새가 아니었다면 몰라볼 만큼 초췌한 모습을 한 그가 느릿느릿 다가왔다.

"이게 얼마 만이야. 그동안 대체 무슨 일이 있었던 거야?"

"말도 마."

동족이 기어드는 목소리로 말했다. 죽다 살아났다고 했다.

"뭘 삼키고서야 알았어. 그게 음식이 아니라 인간의 물건이라는 걸. 젠장, 근데 어쩌겠어. 이미 뱃속에 들어간걸."

동족은 데굴데굴 구르다가 인간에 의해 그곳에 끌려갔다고 했다. 피를 얼어붙게 하는 무시무시한 곳. 그곳의 인간이 뾰족한 걸로 자신을 찔렀는데, 그다음은 기억나지 않는다고 했다.

"깨어나서도 죽도록 아팠는데 이젠 좀 살겠어. 쓴 것도 더는 먹지 않아도 되고. 인간이란 인간이 죄다 미워서 다 물어 죽이고 싶었는데, 그래도 이렇게 나와서 바람도 쐬고 동족도 보니 좋네. 살 것 같아."

동족이 주저앉더니 자기 배를 살살 훑으며 말했다.

"아직도 여기에서 피 맛이 나. 뜨끔뜨끔 아프고."

"조심하지 그랬어."

"이번이 처음이 아니야. 난 왜 이렇게 생겨 먹었나 몰라."

동족은 늘 일을 그르쳐서 제 인간에게 호통을 듣는다고 했다. 언제나 온몸의 신경을 곤두세우고 세상을 날카롭게 꿰뚫어 보던 자매가 어째서 이 꼴이 되었는지 알 수 없었다. 어찌 됐든 끙끙 앓는 그에게 당장 빛의 구덩이를 찾아 달라고 하는 것은 무리였다.

"나중에 괜찮아지면 다시 그 구덩이에 데려다줄 수 있어? 여기저기 다녀 봐도 못 찾겠어. 냄새로 찾을 수 있는 것도 아니고."

"거긴 왜?"

"왜긴."

내가, 우리가 어떻게 인간의 세상에 왔는지 알고 싶어서였다.

"구덩이는 찾는 게 아니라 만드는 거야. 사실은 어디를 파도 통하게 돼 있다고. 간절히 원한다면."

"간절히 원한다면?"

간절함으로는 누구에게도 지지 않았다. 나는 그 자리에서 구덩이를 파고 뛰어들었다.

칠흑 같은 밤이었다. 잠든 동족들 틈에 고개를 파묻은 채 나만이 잠들지 못했다. 어째서인지 인간에게 아주 가까이 다가갔던 듯한 기억이 떠올랐다. 심지어 그 위험한 앞발에 안기기까지 한 것 같았다. 그 불경한 생각에 화들짝 놀랐다. 고개를 흔들며 다시 잠을 청할 때였다. 부산한 밤의 소리 가운데 낯선 소리가 희미하게 포착되었다. 살아 있는 것의 첫 소리. 새 인간이 태어난 것이다. 심장이 쿵 내려앉았다. 그 순간, 자매가 마치 내 심장 소리를 듣기라도 한 것처럼 눈을 번쩍 떴다.

"다시는 오지 말라고 했을 텐데."

나를 뚫어지게 바라보는 눈을 향해 무어라 대꾸할 새도 없이 내 몸이 자리를 박차고 달려 나갔다.

새 인간의 울음을 큰 인간들의 소란이 에워쌌다. 오랜 실패 끝에 사냥에 성공했을 때도, 그 사냥감으로 오래 주린 배를 채울 때도 들려주지 않은 새로운 소리였다. 벅찬 소리였다. 그 소리가 내 발걸음을 재촉했다. 미끄러지듯 언덕을 달려 내려가다가 여느 때보다 그들의 거처에 가까이 왔다는 것을 깨달았다. 발을 멈추고 물러서려는 순간, 새 인간이 거처 밖으로 모습을 드러냈다. 털가죽에 돌돌 싸여 있었지만 그것이 내는 냄새와 소리로 알 수 있었다. 모여든 큰 인간들이 앞발에서 앞발로 새 인간을 천천히 옮겼다. 그리고 마침내 흰 털이 덥수룩한 인간이 새 인간을 받아 들었다. 큰 인간들의 소란이 일순에 잦아들었다. 한눈에도 그가 인간들의 알파라는 것을 알 수 있었다. 알파가 낮게 웅얼거리고는 새끼를 높이 들어 올렸다. 그러자 인간들이 밤하늘을 우러르며 함께 웅얼거렸다. 그들은 틀림없이 새 생명을 축복하고 있었다. 그 순간, 가슴이 세차게 일렁였다.

저들은 우리와 다르지 않다.

자매는 그 생각마저 경계하라고 일렀지만 새 생명 앞에서 가슴이 뛰고 숙연해지는 저들을 결코 우리와 다르다고 할 수 없었다. 나 또한 이 거칠고도 아름다운 대지에 첫발을 내디딘 생명을 축복하고 싶었다. 당장 달려가서 새 인간을 핥고 냄새 맡고 싶었다. 들썩이는 몸은 겨우 붙들어 앉혔지만 입 밖으로 새어 나오는 신음은 참을 수 없었다. 몸을 바짝 낮추고 꼬리를 흔들며 끙끙 앓았다. 인간이 그 소리를 듣지 못하는 것이 천만다행이었다.

그날 이후로 마음을 걷잡을 수 없었다. 마음이 몸을 뚫고 인간을 향해 내달리려고 했다. 새 인간 과 그 어미가 보고 싶어 견딜 수가 없었다. 발길이 수시로 인간의 거처를 향했다. 그러나 새끼도 어미 도 좀처럼 거처 밖으로 모습을 드러내지 않았다. 아마도 추위 때문인 듯했다.

"정신 차리라니까!"
자매가 버럭 소리쳤다. 정신을 차렸을 때는 이

미 먹잇감이 저 멀리 달아난 뒤였다.

"내 쪽으로 몰아붙이지 않고 대체 뭘 한 거야?"

자매의 호통에 할 말이 없었다. 다른 동족들마저 나를 원망의 눈길로 바라보았다. 그도 그럴 것이 오랜 굶주림 끝에 가까스로 찾아낸 먹잇감이었고 절대 실패해서는 안 되는 사냥이었다.

동족들이 먼저 거처로 향한 뒤 자매와 둘만 남았을 때였다.

"모르겠어?"

자매가 나를 몰아세웠다.

"조상 대대로 사냥했던 거대한 먹잇감을 찾기가 점점 힘들어지고 있어. 대신에 우리 몸집 정도이거나 그보다 작은 먹잇감을 좇아야 하는데, 그것들이 보통 빨라야 말이지. 그나마 느린 놈들은 우리가 따라 들어갈 수 없는 곳에 숨어 버리고."

그건 그랬다. 조금 전 먹잇감을 놓친 건 순전히 내 책임만이 아니었다. 우리 모두 놈의 뜀뛰기를 전혀 예측할 수 없었다.

　"게다가 기껏 한 놈 사냥해 봤자 무리의 배를 불리기엔 턱없이 부족하고."

　작은 놈을 쫓는다고 해서 체력이 덜 들지 않았다. 그렇다고 이 혹독한 계절에 쉬지 않고 먹잇감을 쫓을 수도 없는 노릇이었다.

　"우리가 그저 운이 좋아서 지금껏 풍족히 살아왔다고 생각한다면 오산이야. 아버지, 어머니가 무리를 이끌고 헤맨 끝에 이 땅을 찾아낸 덕분이라고. 풍요의 시대가 저물어 가니 우리 알파 부부가 나설 차례인 거고."

　자매는 머지않아 큰 먹잇감 무리를 찾아 떠날 거라고 했다. 날마다 등성이에 올라 먼 곳에 사는 동족 무리의 알파가 전하는 정보를 듣는다고 했다. 그걸 또 다른 먼 알파에게 외쳐 전하는 것이 요즘 알파 부부의 가장 큰 일이었다.

내가 알파라면 어떤 결정을 내릴까. 대대로 그랬듯 새로운 땅을 찾아 나서는 것이 유일한 답일까. 다른 길은 없는 걸까. 먹잇감이 달라졌다면 사냥하는 방법을 바꾸면 되지 않을까. 복잡한 머릿속을 뚫고 어떤 답이 떠올랐다.

인간.

그들의 조상이 우리 조상에게 배웠듯 이제는 우리가 그들에게 배울 수도 있지 않을까. 그들은 우리가 가지지 못한 뛰어난 앞발을 가졌다. 우리의 앞발과 다르게, 우리의 앞발보다 멀리 뻗어 갈 수 있는. 우리는 그들이 가지지 못한 뛰어난 코와 눈, 그리고 날카로운 이빨을 가졌고.

"인간과 함께 사냥한다면?"

아버지라면 몰라도 자매는 설득할 수 있을지 모른다.

"말했지. 네 허튼 생각이 우리를 위험에 빠뜨릴 거라고."

자매는 더 들으려 하지 않았다.

"각오해. 길고 험한 여정이 될 거야."

그것은 알파의 명령이었다.

먼저 길을 떠난 다른 무리로부터 정보를 듣고 있다지만 어떤 일이 기다리는지 모르는 미지의 여정을 우리가 무사히 마칠 수 있을까? 이 혹한에 어린것들까지 데리고? 하지만 결정은 두 알파의 몫이다. 자매는 저 부른 배를 하고서도 이동을 강행할 것이다.

몇 번의 실패 끝에 겨우 성공한 사냥으로 무리

는 최소한의 배만 채웠다. 오랜 굶주림을 달래기엔 턱없이 부족했지만 연거푸 사냥에 나설 치력은 없었다. 이것이 어쩌면 이 터전에서의 마지막 사냥이었을지도 모른다. 알파 부부는 이제 하루에도 몇 번씩 등성이에 올라 먼 데서 오는 소리에 귀를 기울이고 그 소리를 다른 먼 곳에 전했다. 떠날 날이 얼마 남지 않은 것이다. 그것은 이곳의 인간 무리를 더는 보지 못한다는 뜻이기도 했다.

마지막이라는 생각으로 인간의 거처 근처로 향했다. 새끼와 어미는 못 보더라도 그들의 무리를 먼발치에서나마 보고 싶었다. 거처가 아직 한참 남았는데도 그들의 냄새가 감지되었다. 그들이 다가오고 있었다. 저마다 앞발에 무엇인가를 쥔 채로. 사냥 무리였다. 그들은 몸을 낮추고 조심스레 발걸음을 옮기며 주위를 두리번거렸다. 내 코에 먼저,

그다음에는 내 귀에 먹잇감이 포착되었다. 하지만 인간들은 그것을 찾아내지 못하고 여전히 두리번거렸다. 그들의 형편없는 후각과 청각으로 저 먼 목표물을 발견하기란 불가능해 보였다. 그들은 가지지 못하고 내가 가진 것. 그것을 써 보기로 했다.

먹잇감을 인간의 시야 안으로 몰기 위해 멀리 빙 돌아갔다. 한 번씩 바뀌는 바람의 방향 때문에 몇 번이나 목표물을 놓친 끝에 마침내 놈을 눈으로 포착했다. 그때부터는 인내를 가지고 발소리를 죽이며 한 걸음 한 걸음 다가갔다. 갑자기 큰 바람이 내 등을 쓸며 놈을 향해 불었다. 놈이 나의 체취를 알아차리고는 펄쩍 뛰어올랐다가 내달리기 시작했다. 도망치는 먹잇감처럼 우리 종족을 흥분시키는 것도 없었다. 끓어오르는 피를 느끼며 놈을 뒤쫓았다. 정신없이 내달리던 놈이 마침내 인간의 시야에 든 모양이었다. 돌진해 오는 먹잇감을 향해 인간들이 마주 달려들었다. 그들이 앞발로 쥔 길고 날카로운 것을 치켜드는 순간이었다. 인간 하나가 큰 소리를 내며 제 동족들을 막아섰다. 먹잇감의 배후인 나를 발견한 것이다. 그들이 멈칫하는 찰나를 틈타 먹잇감이 빠져나갔다.

그때부터는 인간들과 내가 한 방향으로 내달렸다. 때로는 엇갈리며, 때로는 합류하며. 저마다의 방식으로 벌인 긴 추격이었다. 마침내 지친 먹잇감의 등과 엉덩이에 길고 날카로운 것들이 새처럼 날아가 꽂혔다. 인간의 앞발의 위력을 눈으로 확인하는 순간이었다. 그들은 올라타지도, 엉덩이를 물어뜯지 않고서도 먹잇감을 쓰러뜨렸다. 놀라고만 있을 때가 아니었다. 나도 마지막으로 내 역할을 해야 했다. 미끄러지듯 달려가 놈의 연약한 가랑이를

물어뜯었다. 더운 피가 쉬지 않고 솟구쳤다. 놈의 사지가 천천히 늘어졌다.

어째서인지 인간들은 먹잇감을 향해 달려들지 않았다. 주춤거리는 채 나를 바라보았다. 이를 드러내며 그들을 마주보았지만 그들의 눈빛은 아버지에게 들은 것과 달라 보였다. 길고 날카로운 것들도 나를 향해 있었지만 곧장 내게 날아들 기세는 느껴지지 않았다. 그들을 한참 노려보던 나는 천천히 물러서며 이 낯선 사냥을 마무리했다. 그리고 그들의 사냥을 마저 지켜보았다.

인간들은 우리처럼 그 자리에서 바로 내장을 꺼내 먹지 않았다. 놈의 사지를 나눠 들고서 발걸음을 옮겼다. 아마도 거처로 향할 터였다. 그들을 잠시 바라보다가 나는 나대로 거처로 돌아왔다. 그리고 주리고 지친 몸을 웅크리고서 얕은 낮잠에 들었다. 추운 계절에는 움직임을 최소화하며 체력을 충전하는 게 상책이었다. 어느새 어린것들이 나에게 올라타 물어뜯으며 나를 깨웠다. 언젠가 먹고 버린 먹잇감의 털 뭉치를 물고 와서는 놀아 달라고 치근덕댔다. 그것들과 잠시 놀아 준 뒤 자매의 눈을 피해 인간의 거처로 향했다.

이미 냄새와 소리로 알았지만 등성이 중턱에서 내려다본 그들은 역시나 해체와 포식으로 분주했다. 뼈에 붙은 작은 살점까지 살뜰히 발라내는 모습은 우리와 다르지 않았지만 털가죽과 뼛조각을 따로 모아 두는 모습은 무척 흥미로웠다. 정확히는 그들의 앞발에 경탄했다. 그 앞발이 분리하고 모아 둔 털가죽과 뼛조각은 또다시 그 앞발에 쥐여 어딘가에 쓰일 것이었다. 인간의 앞발이 먹잇감을 향해 길고 뾰족한 것을 새처럼 날리는 순간의 전율이 다시 한번 내 몸을 감쌌다.

분주함이 잦아들면서 인간들이 하나둘 동굴로 들어갈 때였다. 포식자와 피식자의 냄새가 어지러이 뒤섞인 가운데에서 어떤 냄새가 정확히 포착되었다. 그토록 보고 싶었던 암컷 인간이 천천히 동굴 밖으로 걸어 나왔다. 나도 모르게 벌떡 일어섰다. 내가 꼬리를 흔들고 있다는 것은 나중에 알았다. 암컷은 입구로부터 멀리 걸어 나오며 연신 두리번거렸다. 그리고 마침내 나를 찾아냈다. 조금 더 내 쪽을 향해 걸어온 그가 나를 가만히 바라보며 앞발에 쥔 것을 천천히 내려놓았다. 피 냄새가 진동하는 고깃덩이였다. 그가 입을 열자 낮고 고요한 목소리가 흘러나왔다. 그 목소리가 나를 긴장시켰다. 어째서인지 아주 오래전에 들은 것만 같은 목소리였다. 그가 천천히 발걸음을 옮겨 동굴로 들어간 뒤에도 나는 경계를 풀 수 없었다. 즈린 배는 당장 고깃덩이를 향하라고 일렀지만 그렇게까지 인간의 거처에 가까이 다가가는 일은 두려워 마지 않았다.

고깃덩이가 말라붙고 피 냄새가 가실 때까지도 아무 일이 일어나지 않은 것을 확인하고서야 몸을 일으켰다. 그리고 고깃덩이를 향해 천천히 다가갔다. 동굴 입구를 향한 시선을 거두지 않은 채 고깃덩이를 집어삼켰다. 차디찬 그것은 목구멍으로 넘어가기도 전에 나의 주린 위장을 요동치게 했다.

거처로 돌아온 뒤에도 입안에 남은 고기의 맛이 계속 생각을 불러일으켰다. 동족이 아닌 자에게 먹이를 나눠 받은 일은 처음이었다. 인간은 왜 나에게 먹이를 나눠 주었을까. 사냥 무리의 일원에게 주는 몫이었을까. 오늘의 사냥을 협업이라고 할 수 있을까. 그들과 내가 계속 이렇게 함께 사냥할 수도 있을까. 그동안은 지켜보고 경계하고 동경하기에 그쳤던 인간이라는 존재가 나와 어떤 관계를 맺을 수도 있는 걸까. 어지러운 생각과 잔영으로 잠들 수 없는 밤이었다.

그로부터 얼마 뒤였다. 아침부터 분주했다. 알파가 몇 번이나 어린것들에게 앞으로의 여정을 차분히 일렀건만 녀석들은 듣는 둥 마는 둥하며 장난치기에 바빴다. 곧 자매가 다가와 이를 드러내며 호통을 치고서야 녀석들이 잠잠해졌다. 나 또한 하루하루를 놀이와 장난으로 보낸 시절이 있었다. 좋은 시절이었다. 자매와 내가 단짝인 시절이었다. 아버지 알파가 살아 있는 시절이었다. 먹는 자와 먹히는 자가 어지러이 질주하며 대지를 박동하게 하는 시절이었다. 우리가 나고 자란, 우리를 먹여 살린

이곳이 이제 더는 우리를 붙잡지 못하고 떠나보내려 했다.

무리가 알파 부부를 뒤따라 발걸음을 옮기기 시작했다. 또다시 장난을 치는 어린것들을 을러 앞세운 뒤 대열에 합류하려는 순간이었다. 어째서인지 발길이 떨어지지 않았다. 무엇인가에 붙들린 것만 같았다. 이내 그 정체를 깨달았다. 인간이었다. 사냥에 나선 인간 무리의 냄새가 바람에 실려 왔다. 그들이 포착하지 못한 먹잇감의 냄새도.

그들에게는 없고 내게는 있는 것. 내게는 없고 그들에게는 있는 것.

가슴이 두방망이질했다. 사냥 무리를 향해 내달리려는 순간이었다. 갑자기 눈이 부셨다. 발아래에서 빛이 솟구쳐 올랐다. 빛의 구덩이였다. 그 너머에서 나를 부르는 목소리가 들려왔다. 인간의 목소

리였다. 춥고 더럽고 비좁은 곳으로부터 나를 데려
온 인간, 나를 따뜻이 씻기고 먹이던 인간, 해가 지
도록 돌아오지 않으면 나를 울고 싶게 하던 그가
나를 애타게 부르고 있었다.

　나는, 우리는 어째서 인간의 세상에 왔는가.

　그 답을 찾으려고 이곳에 와 있었다. 답을 얻기
전까지는 구덩이 너머로, 인간의 세상으로 결코 돌
아가지 않을 것이다.

　자매가 이글거리는 눈빛으로 나를 쏘아보았다.
그 눈빛은 결코 나를 위협하지 못했다. 무엇도 나를
막을 수 없었다. 멈췄던 발걸음을 다시 내디뎠다.
그리고 바람이 불어오는 곳을 향해 흗껏 달렸다.
내 발걸음이 끝내 어디에 닿는지 보고 말 것이다.

작
가
의
말

길상효

시간을 되돌린다 해도 이 만남을 막지는 못할 것이다.
우리 곁의 작은 늑대들에게 전하고 싶었다.
고맙고 미안하다고.